D0731036

ISBN 978-2-211-07896-2
Première édition dans la collection «lutin poche» : mai 2005
© 2003, l'école des loisirs, Paris
Loi numéro 49 956 du 16 juillet 1949 sur les publications
destinées à la jeunesse : septembre 2003
Dépôt légal : septembre 2017
Imprimé en France par Pollina à Luçon - 82109

Une histoire de Pierre Bertrand
illustrée par Magali Bonniol

Cornebidouille

les lutins de l'école des loisirs
11, rue de Sèvres, Paris, 6ᵉ

Quand il était petit, Pierre ne voulait pas manger sa soupe
et ça faisait des tas d'histoires.

Ça faisait des histoires
avec sa mère :
« Pierre, mange ta soupe ! »
« Nan, j'veux pas ! »

Ça faisait des histoires
avec sa grand-mère :
« Pierre, mange ta soupe ! »
« Nan, j'veux pas ! »

Ça faisait des histoires
avec son grand-père :
« Pierre, mange ta soupe ! »
« Nan, j'veux pas ! »

Ça faisait des histoires
avec son père :
« Pierre, mange ta soupe ! »
« Nan, j'veux pas ! »

Mais avec son père, ça faisait des histoires
encore pires qu'avec le reste de la famille.
« Et tu sais ce qui arrive aux petits garçons
qui ne veulent pas manger leur soupe ? »
« Nan, j'sais pas ! »

« Eh bien, à minuit, la sorcière Cornebidouille
vient les voir dans leur chambre et elle leur fait
tellement peur que, le lendemain,
non seulement ils mangent leur soupe,
mais ils avalent la soupière avec. »
« M'en fiche, j'y crois pas aux sorcières ! »

Alors là, en général,
Pierre se retrouvait
au lit l'estomac vide…

Mais une nuit, il se passa quelque chose
de bizarre, oui, de vraiment bizarre !
Dans la chambre de Pierre,
la porte de l'armoire s'entrouvrit
avec un grincement terrible.

Pierre alluma sa lampe de chevet.

Elle était laide,
elle ne sentait pas bon,
elle avait du poil au menton.
Cornebidouille était son nom.

« Alors comme ça, petit morveux,
on ne veut pas manger sa soupe ? »
« Nan, j'veux pas ! »
« Et tu sais ce que je leur fais, moi,
aux loustics dans ton genre ? »

« Ouais… papa me l'a dit tout à l'heure
mais j'm'en fiche, j'ai même pas peur !
Et puis vous sentez pas bon ! »
« Comment ? »
« Vous avez un gros bidon ! »
« Comment ? »
« Et le nez en tire-bouchon ! »
« Comment ? »

  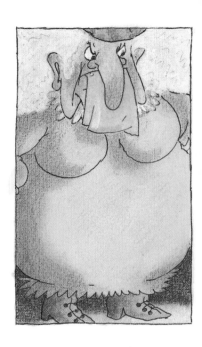

Cornebidouille
était furieuse.

Elle a tiré la couverture,
elle l'a mangée
et elle s'est mise à grandir.

Sa tête touchait le plafond
de la chambre.

« Et maintenant, moustique à lunettes,
est-ce que je te fais peur ? »
« Nan, mais vous sentez le gruyère ! »
« Comment ? »
« Et le vieux camembert ! »
« Comment ? »
« Les chaussettes de mon père ! »
« Comment ? »

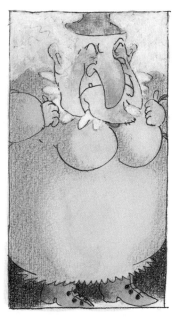

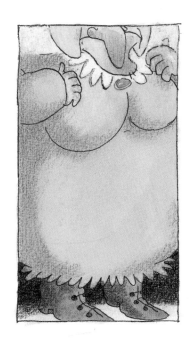

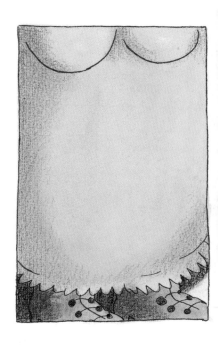

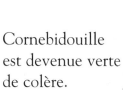

Cornebidouille
est devenue verte
de colère.

Elle a continué
de grandir
et elle a crevé le plafond
de la chambre.

Elle est arrivée jusqu'au toit
et elle a commencé
à manger les tuiles.

« Alors, crotte de fourmi, est-ce que je te fais peur ? »

« Nan, mais vous avez un gros derrière ! »

« Comment ? »

« Une langue de vieille vipère ! »

« Comment ? »

« Le nez plein de vers de terre ! »

« Comment ? »

Alors là,
Cornebidouille
est devenue
complètement
cramoisie.

Elle a continué de grandir,
de grandir…

… elle est arrivée
jusqu'aux nuages et slop…

... elle les a mangés
comme de la barbe à papa.

Puis elle s'est penchée vers Pierre et elle a essayé
de lui prendre son doudou.
Mais Pierre lui a dit :
« Stop ! sorcière… pas mon doudou ! »

« Ah, ah, ah, tu fais moins le fier ! Eh bien,
si tu ne manges pas ta soupe, je mange ton doudou ! »
« Mais sorcière, j'ai caché ma cuillère ! »
« Et où est-elle cette cuillère ? »
« Au fond de ma chaussette mais je n'arrive pas
à l'attraper ! Il faudrait quelqu'un de vraiment petit
pour aller la chercher. »

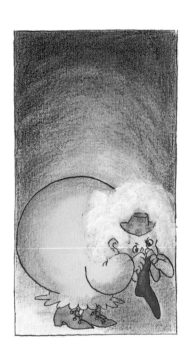

« De petit ?
Nom d'un ouistiti,
d'accord… Allons-y ! »
Et Cornebidouille a
commencé à rétrécir.

« Mais je ne vois rien !
Elle doit être tout au fond. »

« Foi de Cornebidouille,
elle ne m'échappera pas ! »

« Voyons, voyons… c'est qu'il fait noir là-dedans ! »

« Nom d'un caramel mou,
mais où est-elle
cette cuillère ? »

« Encore un peu plus loin,
madame la sorcière ! »

« Un peu plus loin ?
Je n'y vois rien et puis
ça pue là-dedans !
Et c'est quoi ce
tremblement de terre ? »

« Juste un petit courant d'air !
Bonne nuit, Cornebidouille ! »

Pierre se remit au lit.
Et le lendemain…

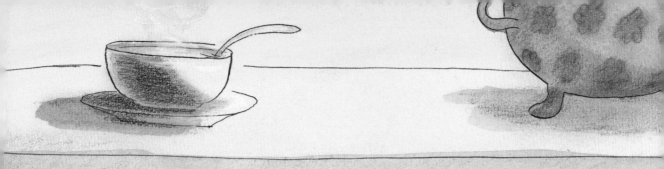

« Pierre, mange ta soupe ! »
« Nan, j'veux pas ! »